baba yaga

raconté par Rose Celli
d'après la tradition russe
illustré par Christian Broutin

Père Castor Flammarion

ISBN : 978-2-0816-0248-9
ISSN : 1768-2061

Dans une maisonnette de village vivait une petite fille qui n'avait plus de maman. Son père, qui était déjà assez vieux, se remaria ; mais il ne sut pas bien choisir. La nouvelle femme n'était pas une vraie maman, c'était une marâtre. Elle détestait la petite fille, lui parlait durement. Elle lui faisait balayer la poussière du chemin pendant l'été et la neige pendant l'hiver. Mais elle avait beau être méchante, la petite fille restait bien rose, bien fraîche, avec sa robe à pois toute propre, ses yeux bleus brillants et ses cheveux blonds bien coiffés.

" Comment faire pour m'en débarrasser ? " songeait la marâtre.

Un jour que son mari était allé au marché porter du blé, elle dit à la petite fille :

— Va chez ma sœur, ta bonne tante et demande-lui une aiguille et du fil pour te coudre une chemise.

La petite fille mit son joli fichu rouge et partit. En route, comme elle était fine, elle se dit : " J'ai une bonne tante, c'est vrai, mais qui n'est point la sœur de ma marâtre : c'est la sœur de ma vraie maman. J'irai d'abord lui demander un bon conseil. "

Sa tante la reçut avec grand plaisir.

— Tante, dit la petite fille, la femme de mon cher papa m'envoie chez sa sœur lui demander une aiguille et du fil pour me coudre une chemise. Mais, d'abord, je suis venue te demander, à toi, un bon conseil.

— Que tu as bien fait ! dit la tante, et que tu es fine ! La sœur de ta marâtre n'est autre que Baba Yaga, la cruelle ogresse ! Mais, écoute-moi : Il y a chez Baba Yaga un bouleau qui voudra te fouetter les yeux, noue-le d'un ruban. Tu verras une grosse barrière qui grince et qui voudra se refermer toute seule, verse-lui de l'huile sur les gonds. Les chiens voudront te dévorer, jette-leur du pain. Enfin, tu verras un chat qui te crèverait les yeux, donne-lui un bout de jambon. Avec du courage et de la gentillesse tu seras plus forte que les méchants.

— Merci bien, ma tante, dit la petite fille.

Elle marche, elle marche, elle marche...
Enfin elle arrive à la maison de Baba Yaga.

Baba Yaga était en train de broder.
— Bonjour, ma tante.
— Bonjour, ma nièce.

— Ma mère m'envoie vers toi te demander une aiguille et du fil pour me coudre une chemise.

— Bon. Je m'en vais te chercher une aiguille bien droite et du fil bien blanc. En attendant, assieds-toi à ma place et brode.

La petite fille se mit au métier.

Baba Yaga avait brodé une très jolie fleur en soie rouge et jaune. La soie en était si luisante, les couleurs si vives que cela paraissait bien étonnant dans la maison d'une ogresse.

La petite fille demanda à la fleur :

— Que fais-tu, toi qui es si jolie, dans la maison de Baba Yaga ?

— Je suis prisonnière, dit la fleur. Veux-tu me rendre la liberté ?

— Oh ! je veux bien, dit la petite fille.

— Alors, défais soigneusement, un à un, tous les points.

La petite fille se mit à défaire les points. Elle soulevait la soie avec son aiguille, sans gâter l'étoffe.

— Doucement... doucement... disait la fleur. Merci bien.

Enfin il ne resta plus sur le métier qu'une trace de fleur, marquée en tout petits trous d'aiguille.

La petite fille était bien contente.

Soudain elle entend Baba Yaga qui dit à sa servante, dans la cour :

— Chauffe le bain et lave ma nièce soigneusement. Je veux la manger pour mon dîner.

La petite fille tremble de peur. Elle voit la servante qui entre et apporte des bûches et des fagots et de pleins seaux d'eau. Alors elle fait un grand effort pour prendre une voix aimable et gaie et elle dit à la servante :

— Eh ! ma bonne, fends moins de bois et, pour apporter l'eau, sers-toi plutôt d'une passoire !

La servante éclate de rire et répond :

— Vous avez bien de l'à-propos, ma belle ! Et quel joli fichu rouge !

— Il est pour toi, dit la petite fille.

La servante, toute joyeuse, courut serrer le fichu dans son armoire.

La petite fille regardait autour d'elle, de tous les côtés. Le feu commençait à flamber dans la cheminée. Il avait beau être un feu d'ogresse, sa flamme était belle et claire. Et l'eau commençait à chanter dans le chaudron ; et bien que ce fût une eau d'ogresse, elle chantait une jolie chanson.

Mais ni le feu ni l'eau ne pouvaient empêcher la petite fille d'être bien triste. Elle songeait : « à cette heure, dans la maison de ma bonne tante, j'aurais eu un verre de thé ou de lait sucré et une tartine de beurre. »

Cependant, Baba Yaga s'impatientait. De la cour, elle demande :

— Tu brodes, ma nièce ? Tu brodes, ma fille ?

— Je brode, ma tante, je brode.

Sans faire le moindre bruit, la petite fille se lève, va à la porte... Mais le chat est là, maigre, noir, effrayant ! Avec ses yeux verts il regarde les yeux bleus de la petite fille. Et déjà il sort ses griffes pour les lui crever.

Mais elle lui donna un morceau de jambon cru, délicieux, et lui demanda à voix basse :

— Dis-moi, je t'en prie, comment je peux échapper à Baba Yaga ?

Le chat mangea d'abord tout le jambon, puis il lissa ses moustaches, puis il répondit :

— Prends ce peigne et cette serviette, et sauve-toi. Baba Yaga va courir après toi. Colle l'oreille contre la terre. Si tu l'entends approcher, jette la serviette, et tu verras ! Si elle te poursuit toujours, colle encore l'oreille contre la terre, et quand tu l'entendras sur la route, jette le peigne et tu verras !

La petite fille remercia le chat, prit la serviette et le peigne et s'enfuit.

Mais, à peine hors de la maison, elle voit deux chiens encore plus maigres que le chat, tout prêts à la dévorer. Elle leur jette du pain tendre et ils ne lui font aucun mal.

Puis, c'est la grosse barrière qui grince et qui veut se refermer pour l'empêcher de sortir de l'enclos ; mais la petite maligne lui verse toute une burette d'huile sur les gonds, et la barrière s'ouvre largement pour la laisser passer.

Le bouleau siffle et s'agite pour lui fouetter les yeux ; mais elle le noue d'un ruban rouge ; et voilà que le bouleau la salue avec une belle révérence et lui montre le chemin. Elle court, elle court, elle court...

Cependant, le chat s'était mis à broder. De la cour, Baba Yaga demande, encore une fois :

— Tu brodes, ma nièce ? Tu brodes, ma fille ?

— Je brode, ma vieille tante, je brode, répond le chat, d'une voix très impolie.

Furieuse, Baba Yaga se précipite dans la maison.

Plus de petite fille !

Elle court au métier à broder : Plus de jolie fleur ! A la place, le chat avait brodé une queue de souris !

Elle rosse le chat et crie :

— Pourquoi ne lui as-tu pas crevé les yeux, traître ?

— Eh ! dit le chat, voilà longtemps que je suis à ton service, et tu ne m'as jamais donné le plus petit os, tandis qu'elle m'a donné du jambon !

Baba Yaga rosse les chiens.

— Eh ! disent les chiens, voilà longtemps que nous sommes à ton service, et nous as-tu jeté seulement une vieille croûte ? tandis qu'elle nous a donné du pain tendre !

Baba Yaga secoue la barrière.

— Eh ! dit la barrière, voilà longtemps que je suis à ton service et tu ne m'as jamais mis une seule goutte d'huile sur les gonds, tandis qu'elle m'en a versé toute une burette !

Baba Yaga s'en prend au bouleau.

— Eh ! dit le bouleau, voilà longtemps que je suis à ton service, et tu ne m'as jamais paré d'un fil, tandis qu'elle m'a paré d'un beau ruban de soie !

— Et moi, dit la servante, à qui pourtant on ne demandait rien, et moi, depuis le temps que je suis à ton service, je n'ai jamais reçu de toi même une loque, tandis qu'elle m'a fait cadeau d'un joli fichu rouge !

La servante grimpe dans le cerisier pour échapper à la méchante femme.

— Va, tu ne perds rien pour attendre ! lui crie Baba Yaga. Je vais rattraper la petite fille et la mangerai malgré vous tous. Et ne sois pas si fière de ton fichu rouge ! Demain je le vendrai à la gitane, pour du tabac.

Toute noire de colère, Baba Yaga saute dans un mortier, et, jouant du pilon, effaçant ses traces avec son balai, elle s'élance à travers la campagne.

La petite fille colle son oreille contre la terre : elle entend que Baba Yaga approche.

Alors elle jette la serviette, et voilà que la serviette se change en une large rivière !

Baba Yaga est bien obligée de s'arrêter. Elle grince des dents, roule des yeux jaunes, court à sa maison, fait sortir ses trois bœufs et les amène ; et les bœufs boivent toute l'eau de la rivière, jusqu'à la dernière goutte ; et Baba Yaga reprend sa course.

La petite fille est loin. Elle colle l'oreille contre la terre ; elle entend le pilon sur la route ; elle jette le peigne...

Et voilà que le peigne se change en une forêt touffue ! Baba Yaga essaie d'y entrer. Impossible !

Elle veut abattre les gros sapins à coups de dents, mais elle se brise toutes les dents, si bien qu'elle ne peut plus, à cette heure, manger de petits enfants, ni même de poulet.

La petite fille écoute : plus rien. Elle n'entend que le vent qui passe dans les sapins verts et noirs de la forêt. Pourtant elle continua de courir très fort parce qu'il commençait à faire nuit, et elle pensait : « mon papa doit me croire perdue ».

Le vieux paysan était revenu du marché. Il avait demandé à sa femme :

— Où est la petite fille ?

— Qui le sait ! répondit la marâtre. Voilà trois heures que je l'ai envoyée faire une commission chez sa tante. Elle est peut-être allée dans le bois cueillir des mûres, ou bien elle joue à la marelle sur la place.

— Quelle drôle d'idée ! Il n'y a pas encore de mûres au bois et il fait bien trop nuit, à cette heure, pour jouer à la marelle.

Enfin la petite fille, tout en courant, les joues plus roses que jamais, arriva chez son père. Il lui demanda :

— D'où viens-tu, ma gentille ?

— Ah ! dit-elle, petit père, ma mère m'a envoyée chez ma tante chercher une aiguille et du fil pour me coudre une chemise ; mais ma tante, figure-toi, c'est Baba Yaga, la cruelle ogresse !

Et elle raconta toute son histoire. La marâtre, qui se tenait cachée, l'entendit, et vit combien le vieil homme était en colère. Elle eut si peur qu'elle se sauva, très loin, très loin, et on ne la revit jamais.

Depuis ce temps, la petite fille et son père vivent en paix. J'ai passé dans leur village ; ils m'ont invitée à leur table. La nappe était bien blanche, les gâteaux bien frais et tous les cœurs contents.

IME - 25110 Baume-les-Dames - 08-2008 - Dépôt légal : 2e trimestre 1974 - Éditions Flammarion (N° 0248), Paris, France
Loi n° 49-956 du 16 juillet 1949 sur les publications destinées à la jeunesse